刘海彬 著

东西南北续

刘海彬

上海书店出版社

图书在版编目（CIP）数据

东西南北辑·东西南北续 / 刘海彬著. —上海：上海书店出版社，2012.12

ISBN 978-7-5458-0661-8

Ⅰ. 东… Ⅱ. ①刘… Ⅲ. ①诗词—作品集—中国—当代 Ⅳ. ①I227

中国版本图书馆CIP数据核字（2012）第211508号

东西南北辑

著　　者　刘海彬
插　　图　谢春彦
　　　　　王　烈
责任编辑　包晨晖
技术编辑　吴　放
出　　版　上海世纪出版股份有限公司上海书店出版社
发　　行　上海世纪出版股份有限公司发行中心
地　　址　200001　上海市福建中路一九三号
网　　址　www.ewen.cc　www.shsd.com.cn
印刷装订　江苏金坛市古籍印刷厂有限公司
开　　本　787×1194　1/12
出版日期　二零一二年十二月第一版
印刷日期　二零一二年十二月第一次印刷
书　　号　978-7-5458-0661-8/I.217
定　　价　伍佰圆（全五册）

目录

七古

到京华……一

重游香山……一

京城初雪……二

再登香山……四

入云南……四

到芜湖……六

题徽州农家……六

西南道中……七

中原曲……八

东西南北续

题黄河故道……八

塞上曲 东起渤海西玉门……九

沁园春 好望角感怀……一一

鹧鸪天 伊斯坦布尔抒怀……一三

清平调 博斯普鲁斯海峡即景……一三

恨来迟 夜梦长安……一五

永遇乐 江上灯红……一六

鹊桥仙 西行万里……一七

阳关三叠 东风方紧……一七

西江月 夜宿大漠戈壁……一八

石州慢 渭水风生……一八

满庭芳　京畿重来……一九
千秋岁　海南黎家……二〇
满庭芳　旅情……二一
捣练子　茶一碗……二一
最高楼　汤山去……二三
使牛子　岭南最早生春色……二四
行香子　一别经年……二四
生查子　长安春色来……二五
雁后归　大觉寺……二五
御街行　入秦……二六
西江月　长安怀古……二六

东西南北续

满庭芳　沛县寻宗……二七
唐多令　辛卯到徐州……二七
酒泉子　燕赵逢君……二八
踏莎行　树杪斜阳……二八
念奴娇　到京华……二九
曲入冥　午后别京郊……三〇
沁园春　过梅岭……三〇
定风波　山寺悠然送晚钟……三二
沁园春　新疆行……三三
苏武令　西域行……三五
沁园春　远山绵延……三五

念奴娇　蒙人后裔……三六
吐鲁番纪行……三七
霜叶飞　出塞曲……三八
沁园春　访天池……三八
沁园春　到喀什……三九
沁园春　到承德……四〇
沁园春　承德纪游……四一
沁园春　到坝上……四二
沁园春　木兰围场……四三
生查子　才别梦官秋……四三
沁园春　赴美感怀……四四

东西南北续

沁园春　旧金山纪行……四五
六州歌头　十年睽违……四五
沁园春　到香港……四六
沁园春　望澳门……四七
沁园春　到雅安……四八
沁园春　甘孜途中……四九
苏幕遮　川藏途中……五〇
石州慢　川藏途中逢七夕……五〇
无愁可解　到德格……五二
沁园春　到昌都……五三
沁园春　赴林芝道中……五三

西江月　到林芝……五五
藏乡即景……五七
沁园春　川藏路纪行……五七
沁园春　到拉萨……五九
沁园春　到日喀则……六一
沁园春　咏珠穆朗玛峰……六二
踏莎行　云暗秋山……六二
天净沙　题青海「千姿湖」……六四
永遇乐　草盛秋高……六五
无　题……六五
陇头月　关山越尽……六六

东西南北续

满庭芳　塞上秋来……六六
沁园春　到武汉……六七
沁园春　访襄樊诸葛庐……六八
踏莎行　雨打芭蕉……六九
水调歌头　到隆中……六九
汉　江　怀远人……七〇
鹧鸪曲　万家酒店桃花渡……七一
沁园春　到平阳……七一
沁园春　登南麂岛……七二
永遇乐　南岛之夜……七三
永遇乐　云中吟……七四

沁园春 到青岛……七四
恣逍遥 燕岛吟……七七
霜天晓角 到鄂尔多斯……七七
横塘路 到内蒙……七九
永遇乐 到河南……七九
沁园春 咏尧山……八〇
沁园春 到苏州……八一
沁园春 到成都……八一
沁园春 北京印象……八二
沁园春 到金陵……八四
沁园春 到内蒙……八五

东西南北续

永遇乐 到呼和浩特……八五
沁园春 到包头……八六
沁园春 到松原……八七
西江月 观冬捕……八八
临江仙 致京中诸友……八八
沁园春 到婺源……八九
沁园春 到景德镇……八九
满江红 冬雨潇潇……九〇
贺新郎 登藤王阁……九一
桂枝香 京都赋……九二
沁园春 到友谊关……九三

沁园春　到广西……九四
行香子　题广西巴马瑶族自治县……九四
沁园春　到巴马……九五
沁园春　到长丰吴山庙……九七
水调歌头　北地天常旱……九八
兰定路上……九九
定西路上……九九
沁园春　咏台风……一〇〇
沁园春　一水穿城……一〇一
沁园春　绝壁佛国……一〇一
陇西怀李广……一〇二

东西南北续

沁园春　到天水……一〇三
谒李广墓……一〇四
无　题……一〇四
碧牡丹　陇上行……一〇五
沁园春　西岭花残……一〇五
厦门十咏……一〇六
沁园春　到厦门……一〇七
沁园春　西行道上……一〇八
永遇乐　万里迢迢……一〇八
沁园春　到英伦……一〇九
水调歌头　燕赵雨罕至……一一〇

三奠子（代跋）…………………… 一一二

刘海彬

皖人。曾就读于安徽大学、西安外语学院、北京语言学院、中欧国际工商学院，日本名古屋大学访问学者；曾在企事业、报社、出版社及国家机关工作多年，现任上海浦东发展银行监事会主席。闲暇喜运动，如马术、拳击、游泳、网球、飞行、远足等。

人在江湖萍踪浪迹
登上层楼举目千里
看见什么就是什么
走到哪里就[illegible]哪里
耳闻风雷肩挑风雨
气定如山心静如水

刘海彬

七古　到京华

一别京华十六秋，归来岁晚已白头。西山风舞枫千树，北海涛映五十州。故人迎我朱门外，新知一醉酒千盅。且寻皇城根下宿，月华如水耀重楼。

二〇〇九年十月二十二日

重游香山

余中年客居京华凡六年。自九三年一别，匆匆十六年矣。忆昔常登此山，偕知友，攀层峦，赏红枫，眺京畿。今风物依旧，人面已非，俱作苍颜白发耳。

来匆匆，去匆匆，今日又上香炉峰。山间野菊夹磴道，湖畔垂柳傲

秋风。喜鹊迎人浑如昨，丹枫不改去年红。　茶三碗，酒一盅，云岫茶舍客犹稠。店中小二皆靓女，羞煞重游老衰翁。莫觅当年拿云志，等闲白了少年头。

二〇〇九年十月三十日

京城初雪

十一月一日，余在京城旅邸，晨起，雪花漫天，玉龙飞舞，琼雕玉砌，一片晶莹世界矣。

一

凌空飞舞似杨花，玉魄仙姿落京华。御苑云卷千叠浪，万顷波掀百姓家。玲珑琼瑶真本色，剔透琉璃自无瑕。谁挽银河千江水，化作

广寒百丈纱。

二

飘飘洒洒玉弥天，飞飞扬扬遍沟沿。入学稚子争雀跃，晨练老叟更着棉。昨日西山凋碧树，今见御楼雪翩跹。苍天也怜狂生老，早送冬信到窗前。

三

罕见翠柳似瑚琏，冰姿玉貌傲霜天。曾闻斗雪唯松柏，不期柔柯骨亦坚。临风摇曳非示弱，独向大漠更戍边。天山一路左公柳，自领风骚数百年。

二〇〇九年十一月一日

再登香山

崚嶒香山顶，三日两登临。前日红枫艳，今番雪似银。苍峰皆北向，西风一夜频。玉砌千山白，冰结万树凌。雪雾扑人面，磴道积层冰。更有踏雪客，偏向顶峰行。人生非坦道，坎坷见真情。岁寒知三友，险恶识奸佞。重来京畿地，鬓发如霜侵。冰雪江湖上，故人自飘零。

二〇〇九年十一月一日

入云南

一

黄埔夤夜雨，云南艳阳天。东海涛惊梦，滇池伴鸥眠。阴霾弥广厦，阳光耀高原。三载频来此，狂生自有缘。

二

滇西一望中，今日到楚雄。玉女楚楚立，男儿自雄风。景是他乡美，情系故人浓。相逢拼一醉，笑语白头翁。

三

苍山犹未雪，洱海月朦胧。下关风遒劲，上关花尚红。人迷茶马道，三塔古称雄。一曲芦笙恋，恨不早相逢。

四

久闻香巴拉，来时鬓已华。稻乡三回熟，春城四季花。藏人逐草牧，蝴蝶入汉家。欲晓边民俗，待月跃篱笆[中国古时有「逾墙而盗处子」之俗，今西南一些少数民族仍有此古风。]。

二〇〇九年十一月十八日

到芜湖

俯掬故乡水，仰首见家山。别时春草碧，归来两鬓斑。一去五十载，岁月何速哉。青弋江畔树，昔日手自栽。赭山岭上梅，年年独自开。镜湖浣衣女，龙钟作老态。邻家小阿哥，子息忽成排。坟前祭父执，焚香罗三拜。故地成新貌，乡音暖离怀。举目高楼立，低徊步行街。两岸长桥系，来往一瞬间。小吃香如故，殷勤唤客来。老友欣然聚，浊酒贺赋闲。笑语当年事，两小无嫌猜。相逢皆翁媪，临江浮大白。

二〇〇九年十二月二十二日

题徽州农家

岁末农家腊酒香，烹鸡宰鹅喜气洋。耕田能饱三餐饭，卖茶又挣数间房。路旁新设农家乐，卧榻终换红木床。最喜年关犬子返，披红挂彩娶新娘。

二〇〇九年十二月三十日

西南道中

庚寅冬春之交，西南久旱，赤地千里。

溪干河涸江水浊，飞瀑流断涌泉枯。千年沃土罗龟背，百岁青松叶尽秃。愁观绿野成赤地，忍见陇亩裂纹兀。颇奈无云驱旱魃，羁旅犹携水一壶。

二〇一〇年三月二十一日

中原曲

陇亩堆云，天河水泻，梨花万树似雪。正麦垄青青，夭桃吐艳，菜花遍野（中原四月，梨花、桃花、油菜花一时俱开，此时黄淮平原麦苗青，桃花红，梨花白，油菜黄，色彩绚丽，较之江南尤富韵致。）。春到黄淮凝七色，胜过江南五彩。喜鹊登梅，鸦聒老树，飞鸿万里归来。不似江南，莺啼燕语，中原英气常聚。昔芒砀斩蛇（汉高祖刘邦在芒砀山斩蛇后起兵反秦。），大泽戍卒（陈胜吴广在大泽乡率先发动农民大起义。），诛秦灭楚。当年浴血成往事，此地曾经逐鹿。坦荡如砥，磊落胸襟，自是钢风铁骨！

二〇一〇年四月四日

题黄河故道

黄河远望色缤纷，众客踏青笑语腾。灿灿梨花白似雪，翩翩彩蝶逐伊人。云卷长滩掩果树，香浮曲水馥渔村。万里奔来东入海，花飞故道正春深。

二〇一〇年四月五日

塞上曲

东起渤海西玉门，长城万里绝胡尘。何如嫁得昭君去，大漠雄鹰是外甥。

戈壁年年砌高台，君王歌舞夜徘徊。忽闻羽书飞瀚海，叩关又见铁骑来。

猛士如云唱大风，汉家儿郎欲建功。西出漠北三千里，赢得西域一路通。

年年烽燧起高台，羌笛琵琶声尽哀。幸得江山能一统，长安遥见使臣来。

莫谓胡儿尽狰狞，华夏干戈几曾停。兄弟阋墙寻常事，相逢一笑自休兵。

叩关又见铁骑来

长城万里静烽燧，东隅又见寇焰熏。有心堪通千邦好，无畏方教海波平。

二〇一〇年九月三日

沁园春　好望角感怀

卷地潮来，排空浪起，雪溅珠抛。望云间鸥鹭，一飞众翥；大洋帆影，点点缥缈。非有豪情，凭何到此，聊寄天涯一羽毛。春来也，正莽原凝翠，故土秋高（南非在南半球，九月正是春天，而中国已是秋季。）。

当年片帆曾到，越九死一生万里涛。嗟风暴之角，风急浪涌；两洋（印度洋、大西洋在此交汇。）相汇，更激奔潮。欧亚遥呼，南非聚首，水阔山长路迢迢。喜今日，更夕发朝至，鹏翼扶摇！

卷地潮来，排空浪起

二〇一〇年九月十二日

鹧鸪天　伊斯坦布尔抒怀

欧亚相牵一线中，博斯普鲁气势雄。歌迎异域天边月，舞罢苏丹袖底风。奥斯曼，已成空，古城犹诉露华浓。先知后觉浑然在，旧友新朋一笑逢。

二〇一〇年九月十六日

清平调　博斯普鲁斯海峡即景

一

征棹商船来要冲，娇娘处处自相逢。面纱羞掩颜如玉，一瞥惊鸿万

一瞥惊鸿万种风

种风。

二

二桥飞架接西东，峡畔王宫气势雄。轶事久闻千一夜，可怜新月渐朦胧。

三

三千绝色纳深宫，东帝西君俱称雄。眼底夕阳虽灿烂，秋风无力送帆篷。

二〇一〇年九月十六日

恨来迟

夜梦长安，昼醒黄浦，五岭秋深。正雏菊初开，腊梅待放，洛水伊人。　到黄昏、无语拂弦筝，起看漏滴三更。怕独上层楼，此情谁解，心事谁陈？

二〇一〇年十二月五日

永遇乐

江上灯红，山间酒绿，霓虹明灭。夜宿南山，朝临汉水，皆有桑拿店。迎风酒旆，娇娃妖娆，此景相随形影。歌停云、舞低杨柳，直到月上中苑。　坐台模特，歌坛假嗓，更伴风流超女。东里儿郎，西街阿妹，韩日风吹遍。歌台舞榭，荧屏腕角，岁岁频推新曲。叹如今、达人只唱，风花雪月。

二〇一〇年十二月十六日

鹊桥仙

西行万里，关山飞度，葱岭遥遥在目。霜风一路到兰州，最曼妙敦煌歌舞。　阳关三叠，梅花三弄，曲里佳人何在？檀郎一去是离愁，不忍闻谯楼更鼓！

二〇一〇年十二月十七日

阳关三叠

东风方紧，春意又将临。正故土花开，浪涛拍岸，心事总无凭。晚来风、微雨又晴。东西南北路行行，三春桃李，争染日边云。望葱岭、一曲凌云。玉门相送，戈壁又相迎。阳关道送君，水掠惊鸿影，良夜共，千里清辉。三叠曲，暮云平。　漫漫黄沙，遮日蔽云，路难行。渭城、客舍逢朝雨，雨住也，西出阳关，塞上明月，无语照离人。雨住也，冰雪其操，还思秦汉人。

二〇一〇年十二月十七日

西江月

夜宿大漠戈壁，晓行孤苦伶仃。阳关出入岭头葱，再赴昆仑山顶。方唱阳关三叠，梅花三弄芳心。一壶浊酒万里云，还似旧时风景！

二〇一〇年十二月十九日

石州慢

渭水风生，泾河雾起，长安叶落。咸阳古道今时，犹然冠盖交错。千年一瞬，犹记汉唐几许？关河八百戍西京，正披山带河，又见秦楼月。　萧瑟，又闻箫鼓，解意檀郎，玉人冰雪。年年风餐露宿。天涯倦客。相逢驿站，更饮一杯残酒，听人奏阳关三叠。杨柳折一枝，与君塞上别。

二〇一〇年十二月二十二日

满庭芳

今日到京，友人宴请。席间友人有渔樵之思，众人笑阻之。

京畿重来，高朋又聚，笑添白发如霜。沉浮宦海，甘苦岂寻常。喜见同侪今日，长安道、马踏群芳（唐人诗云：「春风得意马蹄疾，一夜看尽长安花」）。风流俱、一时俊赏，未老莫还乡。　潮头堪击浪，长风应送，万里风光。棹头处、帆张

四海五洋。寄语家乡父老，冰心在、玉壶洛阳。凭他日，封金挂印，一曲《满庭芳》。

二〇一一年元月八日

千秋岁　海南黎家

酒旗斜矗，又到黎家寨。夕阳里，天连海。归帆来似鹭，彩虹悬天外。排档火，沙滩棕榈迎新月。　还忆当年事，逢店家娇妹。殷勤语，低声唤。已别春梦远，镜里颜如雪。村醪淡，残年还爱渔家味。

二〇一一年元月十七日

东西南北续

满庭芳　旅情

雅座灯红，杯中酒绿，耳闻急管繁弦。天涯孤旅，一醉且为仙。曾越关山处处，更莫问，似水流年。征帆远，伊人相送，一去是天边。

还乡情怯怯，人非富贵，囊乏余钱。漫赢得，双鬓白发频添。曾梦佳人携手，醒来后，又叹缘悭。家山月，清辉如昔，朗朗照人前。

二〇一一年二月十五日

捣练子

茶一碗，酒三盅。一出阳关天似穹。莫向楼头嗟落日，故人马上几时逢？

栏槛外，大江东。江上渔舟岭上风。永定河边难永定，域中代代竞豪雄！

还乡情怯怯，人非富贵，囊乏余钱

二〇一一年二月二十日

最高楼

余在南京工作时，曾在汤山湖边建招待所名曰「紫庐」。今岁造访，一楼一院一亭一舟仍在，而景物大异旧时。

汤山去，迢递望石城，古木自森森。龙蟠虎踞今犹昔，秦淮河畔数舟横，意阑珊，夕照晚，又黄昏。　旧时友，别来无恙否？越三九、年年春自省。车去后，渺无尘。吴姬劝酒难辞醉，江宁主客共离樽。影徘徊，人踟蹰，月三更。

二〇一一年二月二十六日

使牛子

岭南最早生春色，春雨先浸百越。满目尽繁花，拼酒高歌唱卡拉。粤人爱向茶楼去，邀友呼朋小聚。港澳又何如？引领风流舍我冇。

二〇一一年二月二十七日

行香子

一别经年，又到燕京。沐春风、塞草青青，恢弘气势，冠盖如云。看柳初绽，梅犹放，水还冰。　风云宦海，炎凉世态，任浮沉、宠辱难惊。摩天广厦，如蚁生民。叹仆非轻，民非贵，士凋零。

二〇一一年三月七日

生查子

长安春色来，酒宴华清举。琴抚凤凰台，笳奏渭城曲。美人婀娜姿，杨柳随风舞。楚客醉秦楼，还向阳关去。

二〇一一年三月二十六日

雁后归　大觉寺

清明过后黄梅近，轻寒微雨潇潇。踏青人涌驿边桥。岙深藏古寺，信众满春郊。

焚香默祷祈佛佑，不如行善悄悄。人生在世业难消，须知因果报，一一恐非遥。

二〇一一年四月六日

御街行　入秦

秦楼又见秦娥舞，秦塞依秦柳。友人置酒在高楼，仍似汉唐时候。骊山脚下，大明宫里，共赏秦腔吼。

请君更进三杯酒，莫负今宵月。难将离酒慰离愁，万水千山曾走。青青边草，茫茫大漠，迎我东溟叟。

二〇一一年四月十日

西江月　长安怀古

一路轻骑西向，沙飞石走风狂。葡萄美玉入阳关，几许干戈烽火。巍巍唐宫汉阙，天边望断征鸿。岭南又送荔枝来，哪管迢迢长路？

二〇一一年四月十日

满庭芳

辛卯仲春，余到徐州。炳泉、志杰、新田诸君陪余游楚王陵，谒刘氏宗祠，访刘邦沛县故里，醉填此阕以酬诸友。

沛县寻宗，彭城问祖，云龙嶙峋湖光。山雄水碧，四野尽弦歌。笑看当年故地，又重建、大汉城廓。乡人聚、一樽沛酒，还酹旧山河。

中原曾逐鹿，风云楚汉，铁马金戈。忆当日，几多血雨腥风。千里东溟到此，更一拜、列祖英宗。还相约，微山湖畔，夏日赏菱荷。

二〇一一年四月十二日

唐多令

辛卯到徐州，湖山一望收。又春风、绿染云龙。归雁难寻村舍故，风流改、旧山河。

楚戈并吴钩，昔年战未休。现而今、桃李争红。莫道天下归一统，君莫忘、解民忧。

二〇一一年四月十二日

酒泉子

长安休

燕赵逢君，还忆瑶台宴上，众宾拥，欢笑里，酒樽中。

叹春光短，寂寞无人共。冠盖绝，人去后，御楼空。

二〇一一年四月十四日

踏莎行

树杪斜阳，燕山月小，落英还堕车前草。去年曾到此间来，还乡相忘长安道。

十里长街，朝官野老，花开花落知多少。京城车马去如龙，风狂始悟江南好。

二〇一一年四月十六日

念奴娇　到京华

杨花扑面，伴入怀柳絮，又临京畿。闾巷街头来去客，冷落燕郊春意。山里梨花，河边桃李，不改年年色。村头芦甸，尽成连片楼宇。

壮岁寻梦京华，几回挣扎，消弥全无影。十里长安春梦觉，点点都成追忆。过客匆匆，如流车马，谁谱英雄曲。归来长啸，一帆还向天际。

二〇一一年四月十七日

曲入冥

午后别京郊，飞到虹桥。万山奔走若惊涛。笑看城廓如蚁附，云似鸿毛。

莫问世间人，何谓英豪？须知「三立」（老子曰：太上立言（圣人），其次立德（贤人），再次立功（能人）。）误人多。百姓踏青春色里，还唱逍遥。

二〇一一年四月十九日

沁园春　过梅岭

五月二十二日，晓敏、高峰、余辉、陈戈等陪余攀大庾岭，越梅关，怀苏轼，思六祖，填此阕。

驿道斑驳，故城犹壮，百代险关。忆当年苏轼，贬谪过此；惠能避祸，在此参禅。冬月梅开，幽香四溢，姹紫嫣红又满山。悲迁客，向

东西南北续

天涯海角，多少艰难！　今生初到韶关，正五月、乘风入岭南。看溪喧路畔，蝉鸣树杪；苔侵古道，野径花残。举目山青，低头草碧，蝴蝶翩翩飞此间。方长啸，醉青梅煮酒，醒后拍栏。

二〇一一年五月二十二日

定风波

五月二十二日，余与友人过梅关，跨大庾岭，夜宿岭下。是夜有雨无月，向晚隐约闻山寺钟，又觉溪水松风过枕上，无寐度此阕。

山寺悠然送晚钟。佛门灯火夜朦胧。雨注空山难望月，无寐，枕中溪水伴松风。

今夜逢君同一醉，休忘。明朝又去楚江东。笑看

驿道斑驳，故城犹壮

花开花谢处，零落，芳魂犹寄此山中。

二〇一一年五月二十二日

沁园春　新疆行

跨鹤飞来，风貌渐异，西域情浓。看嵯峨岭上，莹莹雪复；林涛万顷，喀纳斯湖。大漠无垠，草原天际，牛马归来暮色融。燃篝火，赏民族歌舞，还在穹庐。

冰峰还在云中，方惊艳、薄纱掩玉容。有于阗天籁，丝竹齐奏；纤腰袅袅，曼妙音符。梦幻群峰，山花烂漫，葱岭苍茫日月浮。今来也，看万千气象，还上昆仑！

二〇一一年六月十四日

冰峰还在云中

苏武令

西域行

响遏行云，柔若无骨，偏赏域西歌舞。万里东来，哈族歌亢，又伴维人丝竹。吐鲁番，火焰山红；坎儿井，久浇斯土。

抬望眼、葱岭峰高，天山风劲，阿尔泰山天际。澄澈雪山，茫茫大漠，还思汉家风骨。笑当年定远，阳关西出，几曾回首！

二〇一一年六月十五日

沁园春

六月十五日，农历五月十四，余与韬滔、理丹诸君夜游喀纳斯湖。时已午夜，皓月当空；花送幽香，草迷山径；四野之间，唯吾数人；归庐后填此阕。

远山绵延，波平如镜，明月高悬。有二三挚友，时逢子夜，足音蹑谷，还向湖边。野渡无人，月光潋滟，入夜风光亦万千。牧羊女，伴牛羊入梦，马放山前。

毡房散落山间，雪峰下、小溪自泛涟。看熏风渐起，林涛浩荡；野花（六月的喀纳斯，金莲花、赤芍、兰花、野罂粟、野郁金香等，众多知名不知名的野花一时俱放。）遍放，绝壁巉岩。世路无穷，人生苦短，且喜偷来数日闲。一壶酒，共诸君畅饮，笑洒高原。

二〇一一年六月十五日

念奴娇

图瓦族，蒙古人后裔，畋猎渔牧，一似畴昔。家家悬挂成吉思汗像。

蒙人后裔，驾长车万里，曾惊欧亚。末尾成吉思汗去，名号今作图瓦。苦战经年，如风来去，人在征途老。部族三分（据史学家考证：图瓦人是成吉思汗西征时遗留的部分士卒。隋唐称

「都播」，元称「图巴」。现分为三部分，大部在俄罗斯，一部在蒙古，少部分在中国境内，世居喀纳斯湖地区。一分还在华夏。

人道逐水而居，林丰草密，伴牛羊夕下。西域当年燃猎火，夜夜胡笳喑哑。海客西来，与君共醉，夜绕敖包舞。一声长啸，千年还似奔马。

二〇一一年六月十七日

吐鲁番纪行

初来吐鲁番，惊见火焰山。岭似炉中焰，色如百炼丹。屋傍坎儿井，楼晾葡萄干。户户植桑椹，人人会吹弹。阿斯塔那墓，地下博物馆。交河故垒在，山上旧营盘。石窟藏佛像，额敏塔是新疆境内伊斯兰教建筑中最雄伟的一座。清乾隆四十二年（公元一七七七年），吐鲁番郡王额敏和卓之子苏来满为表示对真主安拉和清朝皇帝的忠诚，并纪念其父而建。依然。至今思汉使，犹望玉门关！

二〇一一年六月十八日

霜叶飞　出塞曲

新疆腹地，白云杳，汉旌曾映天晓。一干人马向西行，日见人烟少。大漠悄、边城画角，昆仑山上狼烟渺。冷雪冻征袍，朗月下、含衔马困，滴戍人老。

藤蔓累累葡萄，梨桃瓜果，万般滋味皆到。少年生在大江东，不恋长安道。想江左繁花谢了，谁人还奏相思调？冰雪操，铮铮骨，更上层峰，日边云绕。

二〇一一年六月十九日

沁园春　访天池

涉水跋山，八千里路，今访天池。正昌吉天池属昌吉回族自治州。夏日，山花遍野；淙淙溪水，飞溅山石。巍巍天山，冰峰凛凛，万顷碧波雪化之。悬飞瀑，有漫坡牛马，四散逐食。　久闻王母瑶池，神仙会、祥云聚散之。道八仙过海，常来此地；丝绸之路，远赴大食（国名，即伊斯兰教创立者穆罕默德创建的阿拉伯帝国，我国的造纸术和火药。即由大食传至西方。）路畔敖包，山间云水，犹似当年秦汉时。当此际，笑千年一瞬，吾辈来迟。

二〇一一年六月十九日

沁园春　到喀什

（喀什，北望天山，南眺昆仑，西临帕米尔高原，东窥塔克拉玛干沙漠，为新疆文化渊薮，原意为宝石聚集之地。俗语云：不到喀什，不算到新疆。）

天山之南，昆仑之北，最魅喀什。属香妃故里，南疆宝地，载歌载舞，如画如诗。塔族高歌，维族献舞，袅袅娜娜扭玉肢。高原上，奏仙音妙曲，月上还迟。　茫茫天似穹庐，热瓦甫、琴翻杨柳枝。看风停沙静，塔克拉玛；林深草密，小径何之？疏勒川前，牛羊遍

野，常令江南客似痴。帕米尔、叹今宵一去，两地相思。

二〇一一年六月二十一日

沁园春　到承德

夏日风轻，初临禁苑，避暑山庄。忆当年清帝，曾来冬狩；山间驰骛，信马由缰。百兽惊奔，千骑逐北，觐见君王即庙堂。众臣妾，颂江山永固，万寿无疆。　人间莫叹无常，当此际、帝乡作旅乡。到江湖浪迹，笑观云水；攀山越岭，醉卧山房。暮鼓晨钟，青灯古佛，且奉心馨一炷香。正子夜，看东山月上，人在西厢。

二〇一一年六月二十九日

沁园春 承德纪游

丁卯年夏，余到承德。方一日，走马观花，未能尽窥堂奥。及上山，遇雨；达山巅，雨后放晴。山水之间，胜景无算；历史遗踪，俯拾皆是；仙阆妙境，如骊珠遍地。偶拈若干景观芳名缀之（松风万壑、烟波致爽、临芳墅岛、四面云山、濠濮间想、南山积雪、青枫绿屿、锤峰落照、西峪临河、玉岑精舍、观瀑亭、半月湖、试马埭等，均是承德著名景观。），便成此阕，聊博方家一笑也。

京畿东来，方出百里，便到承德。有松风万壑，烟波致爽；临芳墅岛，观瀑亭阁。四面云山，濠濮间想，半月湖边且放歌。试马埭，忆先皇考牧（试马埭是乾隆三十六景之第二十一景，埭为土岗之意。考牧即通过赛马对马进行考核，清帝每年去木兰围场之前，都要在此对马进行考核，选出良马参加木兰秋狝。），芳渚澄波。

霏霏细雨迎车，景依旧、韶光去似梭。化南山积雪，青枫绿屿；锤峰落照，西峪临河。法座香焚，玉岑精舍，宝殿常供三世佛，亭放鹤，赏山高月小，水落石出。

二〇一一年六月三十日

沁园春 到坝上

烂漫山花，苍茫林海，水碧天高。看野玫初放，蜂飞蝶舞；风掀草绿，扑面松涛。莽莽沙滩，潺潺溪绕，不枉今来走一遭。偕知己，道初来坝上，还叹妖娆。

久闻燕赵英豪，有热血、长浇万里涛。正菊开五瓣，香溢荒野；毡房农舍，酒旆频招。苦短人生，峥嵘岁月，恰似东来万里潮。清风起，奏草原天籁，云水滔滔。

二〇一一年六月三十日

沁园春　木兰围场

草盛花繁，鲜车怒马，洒遍松坡。到木兰围场，途逢夏雨；山巅雨霁，湖畔渔歌。京畿车来，绝尘而去，路见渔夫织网梭。一壶酒，共诸君畅饮，醉卧山乡。　徘徊月上东山，林涛吼、山风舞万松。看新荷如盖，珠圆玉润；河边蛙鼓，直到三更。万里清辉，燕山尽沐，恰似湘灵浴汨罗。夜色里，有箫声暗送，易水清波。

二〇一一年六月三十日

生查子

才别楚宫秋，又眺秦楼月。吴音入梦来，筵设唐宫苑。笙管共琵琶，乐鼓长安夜。一曲大明宫，还现长生殿。

二〇一一年七月

沁园春　赴美感怀

浩瀚汪洋，凌空飞渡，万顷波光。眺东溟暮色，西天晨曦，空中一瞥，渺渺扶桑。去意仿徨，归来恨晚，一觉舷窗幽梦长。别华夏，问此行何处，阿美利加。　当年碧血黄沙，同声气、抗敌在吾邦。忆蓝天飞虎，曾来东土；驼峰之上，巨鸟曾航。朝战军兴，人生多误，半岛相搏血似霞。君知否，道方舟自小，四海为家。

二〇一一年七月九日

沁园春　旧金山纪行

绿野飞奔，山间徜徉，萨拉托加（萨拉托加系旧金山一小镇，与斯坦佛大学及硅谷相邻。）。望群山莽莽，潺潺溪水；晨闻啼鸟，日看山花。路畔悬崖，林中松鼠，一跃从容上树丫。山中趣，纵相隔万里，还似邻家。　诸君来自中华，别故土、天涯泛远槎。引莘莘学子，前来受教；日出日落，灿烂烟霞。有限人生，无穷光景，共聚湾区醉酒家。今来此，赏江山如画，妙境堪嗟。

二〇一一年七月十日

六州歌头

二〇〇一年九月十日，余自纽约飞旧金山。次日九·一一事件发生。一别十年，今又来此，旧金山旧貌如昔，而金山暗淡。

十年睽违，又到旧金山。飞来祸，传凶讯，腾烈焰，众泫然。还忆当年事，忍回首，风云变，愤征伐，忙招讨，几时还？日暮金门，桥畔烟波渺，难望归帆。看冲冠一怒，燃遍地烽火，地暗天昏，战犹酣。　道繁华世，销金窟，掘金地，梦千端。骓易逝，时易变，风水转，别亦难。干戈临天下，纵炫武，不胜烦。民生困，人心怨，府库残。长叹西风古道，夕阳下、马瘦依然。今游人到此，无语默凭栏。尘黯雄关。

二〇一一年九月十一日

沁园春　到香港

北美归来，东京小憩，又到香江。恰阴霾夏夜，霏霏细雨；维多利亚，灯火如廊。楼宇参差，长桥新卧，渡口天星载客忙。弹丸地，汇东方传统，洋场风光。　海风徐送清凉，小吃众、饕餮自品尝。看中环广场，诸多豪客；舞坊靓女，玉色生香。下里巴人，徘徊旺角，市井方知岁月长。屿山上，望一天云水，醉罢思乡。

二〇一一年七月十七日

沁园春　望澳门

余两次来港，三访珠海，未去澳门。友人曾任澳门司法警署署长，现任法官，为余说澳门赌场事甚详。今隔海相望，戏填此阕。

久闻澳门，蕞尔小岛，别号葡京。聚赌徒来此，千金一掷；黑白两道，和睦双赢。江畔渔樵，山中行客，把酒从容话古今。东方亮，看山河故垒，感慨莫名。　当年强寇凭凌，恃舰炮、削地又夺金。叹中华帝国，瓜分豆剖；哀鸿遍野，涂炭生灵。北地狼烟，南疆烽火，偌大神州几处宁？天行健，待自强不息，四海潮平！

二〇一一年七月十八日

沁园春　到雅安

川西咽喉，高原门户，民族走廊（有汉、藏、羌、回、苗等十六个民族。）。自汉时建郡，羌国故里；茶香蒙顶，舞旋毡房。贡嘎山雄，碧峰峡翠，一路崎岖上二郎。山风劲，碎幽幽潭影，雨注西康。　素称文物之乡，丝绸路，千载恃马帮。有邓通造币，富甲天下；大渡河畔，曾困翼王。岭峻峡深，猿猱难越，云海冰川映雪光。观飞瀑，叹飞流直下，还入长江。

二〇一一年八月四日

沁园春　甘孜途中

青稞金黄，格桑花灿，遍野牛羊。道驱车川藏，纵横千里；高原路上，水远山长。牧草青青，溪流喧闹，折多岭上云莽苍。经幡舞，有藏歌盈耳，水映天光。

平生三到青藏，偕知友，大醉在毡房。看澜沧南流，长浇南亚；长江东去，直抵汪洋。九曲黄河，奔腾到海，发源都自云水乡。情钟此，自频频入梦，系我衷肠！

二〇一一年八月五日

苏幕遮　川藏途中

夏秋行，川藏路，辗转云中，莽莽天低处。水映斜阳逢日暮，绚烂经幡，遮尽山头树。

饮青稞，歌藏曲，日日途中，饱览山川秀。夜宿晓行迎朝露，洗尽风尘，还有相思梦。

二〇一一年八月六日

石州慢　川藏途中逢七夕

东岸牛郎，西岸织女，迢迢难渡。常悲一水盈盈，远过关山无数。天涯咫尺，惯看河汉星辰，一年三百六十日。盼寂寞清秋，诉千年情愫。

今夜。鹊桥暂起，玉露金风，相拥入梦。且记枕边低语，千金一刻。山盟海誓，世间唯有知音，高山流水琴堪抚。叹岁岁相逢，

经幡舞，遥迎四季风

东西南北续

只得一朝暮。

二〇一一年八月六日（农历七月初七）

无愁可解　到德格

格萨尔王，德格故里，发祥康巴文化。有传奇滥觞，瑞生秘寺宝刹。古道千年通汉使，雀儿山、险峻堪讶。水潺潺、碧浪千叠，雅砻渡口，宛然入画。

藏地，雪域高原，明珠在、阿须（草原）卡松（原始森林）龚垭（有印经院、更庆寺。）。道边民质朴，世世皆尊喇嘛。马尼干戈新路海（均为当地景点。）颂一曲、牧歌牛马。又嘎陀寺里，朝神礼佛，住僧舍，看作法。

二〇一一年八月七日

沁园春　到昌都

昌都，藏语中「两河交汇」之意。两河指昂曲与杂曲，在昌都汇为澜沧江。曲，藏语中「河流」之意。

一锁咽喉，两河交汇，藏东明珠。正格桑花放，蜂飞蝶舞；金沙江畔，绚丽藏居。幡舞山间，庙倚岭上，万种风情融藏风。青稞酒，配酥油茶饮，一醉千盅。

夏山险峻峥嵘，映碧水，粼粼莽措湖，有温泉处处，冰川来古；强巴林寺，宝刹重修。万里西来，休云甘苦，洗涤征尘在昌都。还西向，到珠穆朗玛，再拜神峰！

二〇一一年八月八日

沁园春　赴林芝道中

千山峥嵘，万壑竞秀，仙境林芝。舞林涛天际，风生潮起；怒江澎湃，浪激山石。云似白银，天如海碧，万丈冰川雪聚之。燃篝火、到

千山之宗，万水之源

然乌湖畔，细雨如丝。千难万险何辞，入藏地、豪情似旧时。有东溟旅友，西行到此；追风骑客，随处题诗。店里涂鸦，路边石块，尽兴书来自撰词。君莫笑，若未临西藏，难解情痴！

二〇一一年八月九日

西江月

到林芝

晓别然乌湖畔，夜临锦绣林芝。米堆冰盖炫雄姿，画意诗情、还似武陵春。

路畔林深草密，岭头鸟啼蝉嘶。南迦巴瓦幻奇峰，碧水青山、迎我壮游人。

二〇一一年八月十日

天上湖泊，云中牛马

藏乡即景

一

层峰暗，皓月明。长夜繁星璨，高原风自清。孤村未入闻犬吠，藏乡无处不含情。

二

青稞酒，酥油茶。哈达迎远客，逡巡入藏家。舞罢锅庄人皆醉，歌尽藏曲月影斜。

二〇一一年八月十日

沁园春　川藏路纪行

辗转云霄，扶摇直上，九曲回肠。傍悬崖峭壁，奇峰千仞；峡深万

扶摇直上，九曲回肠

丈，猿啼悲凉。跃上山巅，蛇行西去，莽莽林涛舞道旁。云中路，忆英雄筑此，慷慨激昂。

望中水远山长，高原上、宛如诗画乡。道天梯石栈，穿峡而过；衔山越涧，隧道桥梁。日暮雄关，斜晖夕照，处处经幡酒旆扬。秋风劲，待重阳菊放，遍野芬芳。

二〇一一年八月十一日

沁园春 到拉萨

天上湖泊，云中牛马，冰雪神峰。望珠穆朗玛，傲然天际；林芝盆地，溪水淙淙。布达拉宫，罗布林卡，肃穆庄严自雍容。大昭寺、聚东西游客，信众僧徒。

玛尼堆耸山头，经幡舞、遥迎四季风。有转山仪式，山围人练；藏民朝圣，长叩途中。雪域高原，风淳民

布达拉宫

朴，史载牛皮藏地书。今来也，跨江河万里，峻岭千重。

二〇一一年八月十一日

沁园春　到日喀则

（日喀则，藏语中「如意庄园」之意。）

千山之宗，万水之源，如意庄园。有扎什伦布（扎什伦布寺，向为班禅驻锡道场，为后藏最重要的宗教场所。），名闻遐迩；班禅驻锡，法相庄严。北靠那曲，西邻阿里，藏汉蒙回居此间。眺拉萨，泛湖光万顷，峻岭绵延。

贡觉（贡觉林卡，昔为班禅休夏之地，现为公园。）仿佛桃源，芳草碧、清溪亦潺湲。供游人消夏，花香鸟语；萨加古寺，信众留连。欲往珠峰，先趋定日，珠穆朗玛屹眼前。今来也，了平生一梦，相忆余年。

二〇一一年八月十三日

沁园春　咏珠穆朗玛峰

上逼苍穹，下临无地，危壑险峰。眺独尊天下，终年雪复，冰川横亘，插翅难通。俯瞰五洲，笑窥玉宇，万水千山汝谓宗。惊雷电，自雄踞青藏，昂首凌空。

当年曾怨共工，道一怒、触翻不周山。遂天倾西北，迎归日月；东南地厥，水故朝东。亿万斯年，巍然在彼，长啸高原万古风。仰天际，岂泽临华夏，还佑寰中。

二〇一一年八月十四日

踏莎行

云暗秋山，草浸湖底，长天一碧浑如洗。低丛矮树戏鸣蝉，蒹葭摇曳凝秋水。

秋色斑斓，花飞五色，蜂蝶总入佳人眼。莫云画中

东西南北续

无美人，美人自在湖光里。

二〇一一年八月三十日

上逼苍穹，下临无地

天净沙　题青海「千姿湖」

友人至青海，寄照片一帧，诗一首。余奉其意，承其趣，因其境，步其诗，填此阕。

银波碧柳红楼，舟横野渡飞鸥，海阔天青日朗。黄河东去，佳人鹄立江洲。

二〇一一年九月一日

永遇乐

草盛秋高，天青野碧，湖边人语。猎猎西风，茫茫大漠，落日长河里。萧萧落叶，石飞沙走，塞上初萌秋意。望祁连，黄沙戈壁，时见兀鹰飞起。

东来楚客，朝辞吴越，万里魂牵西域。羌管苍凉，胡笳呜咽，犹似征人泣。悲凉今古，壮怀如昔，忍见昭君出塞。忆当年、横刀跃马，飞将军李！

二〇一一年九月二日

无　题

身似风中絮，无乡处处家。春逐东流水，秋飞岭上花。偶落邯郸道，辚辚随车马。南山访高士，径幽苔藓滑。西去玉门外，茫茫天山雪。

东临大洋畔，渔父浪里槎。城中人如蚁，楼高天上去。乡间丁壮少，唯闻寂寞蛙。路至日边断，影随月上斜。五更无梦起，还是向天涯。

二〇一一年九月三日

陇头月

关山越尽，看惯了险峰无数。匹马江淮，西行塞上，雪山突兀。又见黄河东去，咆哮峰高浪浊。何日佳人，一杯残酒，燃西窗烛？

二〇一一年九月四日

满庭芳

塞上秋来，初黄边草，金风飒飒新凉。贺兰山上，莽莽见秋光。数点游人篝火，举头望、北雁南翔。毡房外，牛羊归晚，牧女下夕阳。有琴声喑哑，歌喉粗犷，还诉衷肠。漫赢得、主宾一醉千觞。万里天涯常客，豪情付、冬雪秋霜。他乡月，别时长在，衰柳系垂杨。

二〇一一年九月六日

沁园春　到武汉

一九一一年十月十日，武昌新军打响了辛亥革命第一枪，帝制崩而共和立，今已百年。余今日到此，感慨赋之。

九省通衢，千湖之省，曾号楚荆。据中州要地，西通巴蜀；东连吴越，北扼京津。南接潇湘，龟蛇相望，黄鹤楼头阅古今。濒江汉、叹武昌城下，几度交兵。

辛亥此地燃薪，星星火、还焚帝业墟。

忆共和肇造，百年一瞬；岂甘人后，每欲标新。壮志凌云，鸟具九首，叱咤长空裂战云。到今日，待乘时而起，再鼓雷霆！

二〇一一年九月六日

沁园春　访襄樊诸葛庐

徜徉隆中，徘徊汉水，漫步襄樊。忆诸葛年少，躬耕陇亩；隆中一对，千古相传。羽扇纶巾，火烧赤壁，天下三分创业难。攻心战、自七擒孟获，永定南蛮。

伤心还是汉南，兴汉业、大兵出祁山。创木牛流马，阵图八卦；空城奇计，潇洒琴弹。儒雅风流，古今贤相，星落秋风五丈原。今已矣，看玲珑秋月，还照雄关！

二〇一一年九月六日

踏莎行

余自八十年代以来，三到襄樊，三谒隆中，吊诸葛祠，登卧龙冈。今友人吕衡、海宁、俞波陪余来此，晤故人，游故地，醉后书此。

雨打芭蕉，风吹梧叶，卧龙冈上秋光老。刘郎三顾草庐来，山中寂寂人烟渺。

幽谷足音，空山啼鸟，鸣泉似唱溪山好。松间竹下且烹茶，云中石径接芳草。

二〇一一年九月六日

水调歌头 到隆中

常对溪山啸，好为梁父吟。南阳高卧，出山还赴汉家营。赤壁计欺阿瞒，潇洒草船借箭，西蜀一战平。天府三分地，兴汉苦经营。

挥羽扇，居虎帐，夜谈兵。琅琊国士，百姓长颂万世情。生前鞠躬尽瘁，为政死而后已，千古仰君行。今上卧龙冈，明月动心旌！

二〇一一年九月六日

汉江 怀远人

今到汉江江水平，远山黛，秋风清。又重来楚郡。隔江还望，雁去后、天边一抹孤云。美人醉抚瑶琴，看岭头秋光渐老，雨住弦停。

流水正如天籁，曲直急缓，叩尔心旌。叹鬓生白发，镜中人否？晓星沉、一夕如梦堪惊。旦暮向杏花村里，遥思知己，魂梦寄，一帆浩瀚东溟。

二〇一一年九月七日

鹦鹉曲

当年汪伦欲请李白赴泾县一游，致书李白曰：「此处有十里桃花，万家酒店」。李白大喜而来，却发现潭名桃花，距城十里；一家酒店，店主姓万。故十里桃花，万家酒店，固非实情，亦非妄也。李白感其盛情，离别时仍留下了千古绝唱《赠汪伦》（李白乘舟将欲行，忽闻岸上踏歌声。桃花潭水深千尺，不及汪伦送我情。）。今之桃花潭，渡口依然，渡船仍在，船上楹联书：踏歌岸上汪伦酒，送别舟中李白诗。

万家酒店桃花渡，当年爱向江边去。浪中人、一羽轻舟，荡过风涛无数。

舞蒹葭、秋草芦花，惊起翠鸥白鹭。立江洲、水阔天长，但莫问、帆樯归处。

二〇一一年九月六日

沁园春　到平阳

飞温州来，去千里地，忆梦中人。到南麂岛上，濒临东海；轻舟掠浪，浩瀚涛声。月上东山，烛燃西户，秋风扫叶又几层。眺大洋，望鸥翔危桅，逐浪浮沉。

初来正值秋深，海中月、随波漾半轮。看千山落叶，梧桐细雨；斯人独立，又到黄昏。还忆当年，永嘉太守，（中国山水诗鼻祖为谢灵运，谢安后人，曾任永嘉（温州古名）太守。苏轼有诗赞曰：能得太守如灵运，便教江山似永嘉。）下笔如风语似神。佳人又、隔千山万水，无寐三更。

二〇一一年九月十五日

东西南北续

沁园春　登南麂岛

鸥伴歌飞，沙滩舞艳，妙乐低迴。到南麂岛上，沙平浪软；海滨浴场，潮逐人来。出水芙蓉，佳人妖娆，到此方知秋意来。放歌罢，看中天明月，雾破云开。

夜来诸客留连，踏月色、青山似故园。望长天秋水，轻舟遥荡；雏菊初放，芦羽飞白。北雁南飞，人行阵阵，回雁峰颠去又还。中秋夜，叹知音难聚，枉自拂弦。

二〇一一年九月十五日

永遇乐 南岛之夜

万点繁星，烘云托月，欲圆还缺。海鸟归巢，渔舟系锚，灯塔方明灭。耕耘碧海，小船为户，渔父平生浪里。夜阑珊、人生何处，不起故园思念。

天涯浪迹，五洲云水，遍历东西南北。秋月春花，夏荫冬雪，四季寻常见。归期如梦，依依杨柳，夜语渔樵江诸。待何时，结庐岛上，水中揽月！

二〇一一年九月十六日

永遇乐 云中吟

万朵莲花，天边白絮，随风散聚。远翥高翔，凌云鼓翼，南北东西去。鹏飞四海，三山五岳，看我朝发夕至。步悄悄、琼楼桂阙，一轮晓月天际。

天上蜃楼，人间海市，今世饱经云水。幻境缥缈，长安路远，梦里人迢递。银河辽阔，孤帆来往，不见瑶池王母。云中行、餐风饮露，壮余浩气！

二〇一一年九月二十一日

沁园春 到青岛

一

燕岛秋潮，礁石浪卷，玉碎如鳞。看海天一色，风生云起；日升月

东西南北续

落，还鼓潮汐。灿烂朝霞，辉煌暮色，碧海滔滔万顷波。当暇日，汇游人聚此，品味生活。

人生岁月无多，方一瞬、飞霜又复额。视纷繁万象，朝来暮去；春花秋月，点缀山河。壮士惜时，豪情易老，莫叹光阴去似梭。大洋畔，有渔舟归晚，袅袅渔歌。

二

青岛秋来，红房绿水，碧海青天。眺胶州湾内，波平如镜；崂山顶上，草树绵延。渡口帆张，游人如簇，且向渔家品海鲜。悠闲惯，赏海天鸥影，情侣相牵。

友人还忆当年，一壶酒、迎君鲁道前。道梁山好汉，曾居水泊，齐国壮士，豪气冲天。孔孟传人，业精文武，再谱家乡锦绣篇。但举目，望长桥一线，还去天边。

二〇一一年十月三日

远翥高翔，凌云鼓翼

恣逍遥　燕岛吟

入海青山，连天绿水。红瓦衬、天青海碧。秋风潮起，孤帆天际。海上客、飞来万里　峭壁危崖，波光万顷。倩谁唱、渔歌牧曲。浮生有限，前尘无影。醉中吟，不如归去。

二〇一一年十月四日

霜天晓角　到鄂尔多斯

相逢昨夜，无奈今朝别。梦境随人北去。又飘起、塞上雪。无语，秋色里，嘹唳南飞雁。闻道胡笳声咽，又吹落、关山月。

二〇一一年十月十日

东西南北续

黄大森 摄

卷地狂澜，晨昏潮汐，拍岸惊涛永不休

横塘路 到内蒙

金风又扫天低处，雁嘹唳、征鸿去。塞上秋来风景异。连云牧草，天边飞絮，还映无穷碧。

草原月上琴声起，大漠佳人唱新曲。此夜醉中浑不忆。关山万里，萍踪如寄，化作怀乡句。

二〇一一年十月十二日

永遇乐 到河南

川陕西连，东邻吴越，南交荆楚。天地之中，北接燕赵，耿耿传风骨。名都荟萃，文明渊薮，千载流风余韵。跨中原、烽烟虽靖，惯看暮云苍狗。

太行巍巍，大别峰秀，望断黄淮东去。黄帝神农，禹都舜壤，国脉传承久。多年沉寂，一朝崛起，再鼓豫中英气。聚知

音，当风而立，饮杜康酒！

二〇一一年十月二十日

沁园春 咏尧山

古木参天，流泉飞瀑，水碧潭幽。号中原胜景，北雄南秀；漫山枫叶，灿烂金秋。云淡风轻，枫红柳翠，尽染层林色愈浓。真武顶，看栎松蓊郁，吾辈来游。

层峦叠嶂荫浓，温泉沸、沐于山野中。眺繁星点点，中天明月；风生耳畔，水泻潭湫。壮哉尧山，万千气象，姹紫嫣红一望收。群英会，把杜康豪饮，更唱雄风。

二〇一一年十月二十日

沁园春　到苏州

鱼米之乡，人间天上，地接沪杭。旧吴国都会，春秋始建；园林毓秀，名冠东方。宝带石桥，虎丘斜塔，流水小桥绕舍旁。太湖上，看风催帆举，寒雨秋凉。

英雄常出此邦，道江左，风流自久长。忆当年孙武，堪称兵圣；吴门画派，千古名扬。最妙评弹，宛如天籁，沧浪亭边菊正黄。寒山寺，唱枫桥夜泊，月映波光。

二〇一一年十一月八日

沁园春　到成都

天府之国，川西坝子，休闲之都。有蓉城别号，太阳神鸟；锦官城内，窄巷宽街。杜甫草堂，金沙遗址，最爱憨然大熊猫。都江堰，自名垂千古，坝引清波。

三国还忆诸葛，立蜀汉、鞠躬且为国。道蜀人剽悍，从来义气；插刀两肋，自有袍哥。花赏芙蓉，树崇银杏，东去长江发浩歌。三峡过，越千山万壑，还下江东。

二〇一一年十一月十二日

沁园春　北京印象

华夏神京，燕赵故地，枕山带湖。自燕山北望，长城逶迤；秋来塞上，日落长河。冠盖长安，辚辚车马，紫禁辉煌亦巍峨。朝天阙，笑东南王气，皆是小儿。

江山代有豪杰，皇城里、光阴去似梭。道明清两代，风流已逝；楚人一炬，肇造共和。踔厉风发，同心崛起，漫漫征途发浩歌。西山上，看枫红万岭，广厦连

波。

二〇一一年十一月十三日

东西南北续

沁园春　到金陵

溪壑萦回，水出石落，月上松坡。眺钟山草木，蓊蓊郁郁；玄武湖畔，渺渺清波。凤凰山头，长江 北望，故垒萧萧吴越秋。石城上，看惊涛拍岸，水自东流。

秦淮夜幻霓虹，夫子庙、游人仍簇拥。访六朝胜迹，已成旧事；繁华世界，酒绿灯红。虎踞龙蟠，金陵王气，都付残碑断碣中。到今日，数风流俊赏，还上云峰。

二〇一一年十一月二十四日

沁园春 到内蒙

牧草新黄，冰雪初降，鸿雁南翔。望山川塞外，苍苍莽莽；蒙古包里，酒冽芬芳。蘸酒弹天，再弹于地，三点额心谊久长。方一醉、赏穹庐歌舞，一举千觞。

弟兄曾阋于墙，长城上、烽烟屡黯扬。道千年干戈，血流漂杵；旌旗猎猎，大漠风狂。胡马南来，汉军出塞，搏命都为父母邦。琵琶里，待相逢一笑，还诉衷肠。

二〇一一年十一月二十九日

永遇乐 到呼和浩特

南望黄河，北眺阴山，呼和浩特。历史名城，大窑遗址，千载昭君墓。单于猎火，汉军营帐，久战方知归属。云中郡、当年赤帜，犹照汉家明月。

胡服骑射，勇拓边土，烟举长城烽燧。北地胡笳，南国丝竹，共奏关山夜。长安寥阔，草原风紧，一笑恩仇皆忘。倩谁人，今宵歌舞，叫人无寐！

二〇一一年十一月二十九日

沁园春 到包头

博托河边，大青山下，河套之巅。眺高原在北，平川南面；中兀山岳，草甸其间。浩荡黄河，滔滔东去，飞架三桥互比肩。满蒙外，聚八方壮士，四海豪杰。

武灵始建城垣，迄秦汉、郡名号九原。至大清嘉庆，包头建镇；共和更替，方授市衔。有鹿嘶鸣，有钢初练，市树云杉独向天。长城上，看游人如簇，烽燧无烟。

二〇一一年十一月三十日

沁园春　到松原（辽金时曾为首府，号黄龙府。）

人在东北，心系江南，且赋离骚。正寒冬腊月，朔风万里；查干湖上，车马啸啸。雪漫长白，鱼出冰上，松花江畔瑞雪飘。丰年兆，有东来紫气，人竞风骚。　莫惊塞上妖娆，当年事、江山还属辽。聚八方人物，俱来春宴；宁江州郡，部落来朝。金国首府，三江俱汇，未捣黄龙憾未消。当此际、幸民族合睦，且醉今宵！

二〇一一年十二月二十八日

东西南北续

西江月　观冬捕

正是严寒天气，破冰下网拉犁。查干湖上捕冬鱼，冰上锦鳞万尾。舞跳格格萨满，歌飞蒙藏风情。边城岁岁客来频，喜看暖阳天际。

二〇一一年十二月二十八日

临江仙　致京中诸友

又临京都都市里，欣逢今世豪英。灯红酒绿舞娉婷。醉中留半醒，怕有断肠音。　故乡千里云山外，清风曾沐生民。相思欲寄赤子情，长安一片月，犹照玉壶冰。

二〇一二年一月十六日

沁园春　到婺源

瘦水寒山，农历正月，今来婺源。到农家院落，亲朋祝酒；江山飞雪，瑞兆丰年。梅占疏枝，花飞古镇，闾巷深深笑语喧。逢佳岁，正大年初二，喜鹊登梅。　青山似黛如烟，江湾里、清流自婉延。有一泓溪水，源通秘境；徽州古埠（婺源古属徽州。），商贾流连。世外桃源，云连千嶂，信有高人松下眠。文山上，有朱熹祖墓（婺源为朱熹故里，祖墓葬文山。），众仰高贤。

二〇一二年一月二十四日

沁园春　到景德镇

地处昌南，别号瓷都，名曰景德。属豫章故郡，浮梁旧址，鄱阳湖畔，怀玉山坡。起伏冈峦，三江交汇，始信物华天宝说。人杰地，传陶瓷文化，名震五洲。　千年炉焰腾空，自东晋、赵慨（赵慨，晋人，早年在闽、浙、赣为官，因官场倾轧被贬，来新平镇（今景德镇）隐居，把其掌握的越窑制瓷技艺带到当地，并在胎釉配制、成形和焙烧等工艺上作了重要改革，称「制瓷师祖」。）开先河。有元代青花，名闻遐迩；明清粉彩，声誉远播。五色丹青，出窑七彩，举世皆惊造化工。真国粹，自流芳百代，余韵千秋！

二〇一二年一月二十五日

满江红

壬辰正月初五，江海平夫妇陪余及家人游南昌，登藤王阁。时冬雨潇潇，江雾濛濛，叹千年一瞬，电光石火。唐贤诗赋犹存，宋人踪迹仍在。感慨万端，遂度此阕。

冬雨潇潇，高阁上，正逢春月。看洪都、高楼新耸，楚江如练。渺渺帆樯还北去，到鄱阳东下吴越。万古风、一瞬到如今，空寥阔。

南浦渡，西山雨，秋水潦，鸦飞过。任江湖岁晚，琴心谁诉。红土曾堆英烈冢，青山又见斜阳暮。唤渔樵、更唱大江东，烟波绿。

二〇一二年一月二十七日

贺新郎　登藤王阁

亭誉千年后。旧楼台、几经兴废，无言今古。画栋雕梁江滩起，都是今人新筑。却依旧、西山南浦。冷雨寒江杨柳岸，道游人、簇簇还如故，繁盛景，追唐宋。

江山四面如藩属，上高台、东望吴越，西睨荆楚。辽阔南溟云飞渡，隐隐又闻鼙鼓。眺北阙、又临新主。物换

星移人去也，看风流、更替如朝暮。今日醉，吾与汝。

二〇一二年一月二十七日

桂枝香　京都赋

长安道上，又群英北来，春风初度。湖畔杨花柳絮，更随风舞。江山几度斜阳下，看风流、代代相续。燕山常掩，旧坟新冢，古今人物。

忆当年、雕梁画栋。看宝马香车，穿梭王府。夜夜笙歌华宴，四方来贡。金迷纸醉流年老，但难分阴晴朝暮。狼烟又起，城头鼓角，搅人酣梦！

二〇一二年一月三十日

沁园春　到友谊关

壬辰年春，余到广西，连华、国耀、炳慧等陪余到友谊关。明代号镇南关，二十世纪五十年代改睦南关，六五年始称友谊关。

遥耸雄关，萦回如带，绕向群山。忆秦关汉塞，当年属我；一朝分袂，镇睦都难。山水相依，民族相聚，险隘重关阻往还。今来此，看游人如蚁，商贾车繁。

当年曾号安南，山水共、姻缘血脉传。道弟兄情份，义随利断；刀兵一见，恨继仇煽。一水难分，寸疆难剖，风物还须放眼观。休寻衅，谓无情战火，难灭易燃。

二〇一二年三月二十日

沁园春　到广西

雨岗晴峦，青峰碧树，雾漫群山。正木棉似锦，燃烧八桂；春风馥郁，又到岭南。此地春温，家乡冬峭，路上行人衣尽单。今来此，睹边城新貌，旧曲新翻。

山间鸟啼花繁，春色染、千崖万壑斑。更邕江水暖，鹅鸭嬉戏；山边鸥鹭，暮入烟岚。万里南来，又闻鼙鼓，轻骑还下镇南关。天下事，待千年雾散，供后人谈。

二〇一二年三月二十日

行香子　题广西巴马瑶族自治县

巴马今来，长寿传奇，问何故、人瑞（人过百岁为人瑞。）常逢？金风玉露，明月清风。有盘阳河，百魔洞，赐福湖。

山重水复，桃源如梦，望烟岚、

朝夕凌空。峡谷深邃，飞瀑霓虹。赏天生桥，寿星榜，水晶宫。

二〇一二年三月二十一日

沁园春　到巴马

壬辰春日，余到巴马瑶族自治县，世界著名长寿之乡，县长罗荣莉（瑶族）宴于仁寿园，并云此处百岁以上老人达八十一人，为世界之最。感而赋此。

云绕青峦，山浮碧水，小溪潺湲。看阳盘河上，梢公摇橹；山乡村落，袅袅炊烟。景似桃源，人多高寿，白头翁媪望似仙。人无欲，道知足常乐，寿自绵延。

躬耕常去田园，茶当酒、悠闲娱晚年。有晴空丽日，林间爽气；天然泉水，沁脾甘甜。日落而息，童心无碍，

山浮碧水

日上三竿犹自眠。夕阳下，望牧童归晚，白鹭盘旋。

二〇一二年三月二十一日

沁园春

到长丰吴山庙

壬辰春，友人来吴山助学支教，安华兄与吾陪同前来。吴山系安华兄故里，昔为五代十国吴国国君杨行密龙兴之地，地处江淮分水岭。后经济凋蔽。今百业俱兴，山河重整，县君语之甚激昂。晚于镇上农家乐就食。餐后复探望安华老母，年九十三，甚矍铄，人瑞可期矣。临行依依，叮咛不已。

五代吴国，扬州驻跸，此地开山。看大唐末世，残山剩水；一朝零落，杨柳都残。地剖江淮，水流南北，多少豪杰出此间。千年事，道繁

花谢后，落尽斑斓。

今来旧曲新翻，唱金缕、还将韶乐弹。喜宏图新绘，山河再造；桃源胜境，更胜江南。主客临樽，相逢一醉，旧友新朋月下谈。逢人瑞，纵临行难舍，相见还欢。

二〇一二年三月二十八日

水调歌头

北地天常旱，京畿雨稀来。今宵喜至，恰似飞瀑洗尘埃。天上春雷隐隐，地下水流声渐，急雨舞长街。霓虹方明灭，车马水中开。

偕诸君，人酒肆，且举杯。人生固是，朝暮风雨万千回。高谊正如时雨，知己情同甘露，畅饮尽开怀。更上鳖鱼脍，共醉在高台。

二〇一二年四月十九日

兰定路上

天水路迢迢，午后过临洮。昔日窥胡马，汉儿尽带刀。满目皆黄土，梨花亦含苞。高原春色晚，风凛意气豪！

二〇一二年四月二十日

定西路上

四月来塞上，灿灿见梨花。色如陇云白，香入百姓家。多情迎汉使，袅娜诉琵琶。伴我西行客，春雨染流霞。

二〇一二年四月二十日

沁园春　咏台风

友人自粤来信云彼处台风来袭，并描摹台风肆掠之状，余作此阕附其意。

树卷狂风，天倾暴雨，视野凄迷。看百尺高楼，浑然不见，通衢大道，不辨东西。路避行人，车激潦水，岁岁台风扫粤京。珠江畔，看排空潮起，浪涌江堤。

今晨雷电交加，昼如夜、乌云罩万家。道雷霆震怒，江无舟楫；长空霹雳，鸟避林栖。粤海风狂，天河雨注，变幻风云休去惊。今宵过，又晴空万里，柳暗花明。

二〇一二年四月二十日

沁园春

一水穿城，二山夹峙，气壮兰州。看黄河九曲，蜿蜒过市；群峰环伺，林密山幽。西北名都，祁连戈壁，大漠烟尘一望收。飞沙起，掩长河落日，晓月楼头。

今来旧地重游，正四月、杏花吐艳中。谓长城垛口，烽燧似靖；玉门关外，杨柳青葱。瀚海天高，凭君跃马，猛士如云唱大风。阳关道，自开边万里，还贯西东！

二〇一二年四月二十日

沁园春

绝壁佛国，麦积烟雨，陇上江南。正人间四月，芳菲满目，春风啸晚，凛冽犹寒。衰柳方青，野花初放，十万石佛居满山。到天水，眺茫茫沃野，莽莽山川。

凌空栈道孤悬，看一线、清溪自蜿蜒。叹千龛万窟，殆非人力；石雕泥塑，妙似天然。起伏高原，重峦叠嶂，宛若拓拔铁骑还。飞瀑下，有茂林深草，碧水幽潭。

二〇一二年四月二十日

陇西怀李广

少年慕李广，今日到陇西。春波生渭水，落日见旌旗。

将军生此地，盎然有生机。群山围四野，天阔白云低。

年少投军旅，浴血成名将。甘苦同士卒，奋勇冠三军。

临阵先接敌，谈笑破胡营。重围曾陷虏，夺马独回归。

追者俱辟易，共叹飞将军！身经七十战，赫赫有威名。

匈奴闻李广，孰敢犯边陲！情深爱部曲，气盛渺公卿。
不得封侯赏，常沮壮士心。塞上狼烟起，大漠将星稀。
我今来吊古，芳菲见桃李。不称君王意，仰者下成蹊。
天下非无事，东南寇焰熏。世乱思良将，但愿海波平！

二〇一二年四月二十日

沁园春

到天水

魏号秦州，汉称天水，旧郡名都。地南接川陕，西连青藏，北趋宁夏，东望华中。两汉三国，传说无数，更诞名君唐太宗。追前事，有龙城飞将，黄帝遗踪。

当年李杜名隆，钟灵秀、蔼然有古风。访伏羲祖庙，浓荫蔽日；玉泉观里，曲径通幽。卦卜阴阳，洞飞龙马，天地难敌造化功。神仙地，有湖光山色，绝壁奇峰。

二〇一二年四月二十一日

谒李广墓

少小闻飞将，今日到佳城。天水固名郡，征战自忘身。
风雪千山白，霜寒夜月升。至今大漠里，犹有将军魂！

二〇一二年四月二十一日

无题

落寞古寺中，桃花寂寥红。峰迷烟树里，人唱大江东。
塞上多豪杰，叱咤万夫雄。至今思汉将，千古悼悲风！

二〇一二年四月二十一日

碧牡丹　陇上行

西去山川美，境粗犷，风光异。大漠狼烟，铁马金戈相继。易水风寒，壮吾英雄气。豪情寄，塞下曲。　叹辽阔，渺渺穿戈壁。征途万重云水。险隘雄关，俱是汉家营地。暮色边城，寂寞闻羌笛。玉门风，渭城雨。

二〇一二年四月二十三日

沁园春

西岭花残，春芳已尽，日月如梭。道重来京畿，故人依旧，相逢一醉，对酒当歌。白发频添，青春已去，月绕层楼影似波。西窗下、倩谁人待月，袅袅身娜。　人生莫叹蹉跎，驹过隙、百年又几多！有冲天豪气，过人肝胆，相濡以沫，知己谁何？东海擒蛟，南山搏虎，西去关山唱大风。凭栏处、看江河万里，月上东坡。

二〇一二年五月九日

厦门十咏

梦蝴蝶，蝴蝶梦，海风还舞凤凰树。绿映红，红映绿，花飞犹向海边去。三角梅，梅三角，姹紫嫣红添妖娆。鼓浪屿，屿鼓浪，万国建筑陈岛上。抗强梁，强梁抗，遥见郑公舟激浪。来厦大，厦大来，师生多是栋梁材。起渔歌，渔歌起。离情别绪逐云影。月朦胧，朦胧月，波心灯火正摇曳。夜生潮，潮生夜。何日高歌朝天阙？聚知音，知音聚，明日又向天涯去。

二〇一二年六月一日

沁园春　到厦门

八闽今来，厦门风劲，浊浪滔滔。看凤凰树舞，角梅花放，波光云影，海阔天高。集美春深，南安夏至，鹭岛风激万里潮。今来也，共诸君一聚，酒醉心豪。

近闻虎啸狼嗥，君休忘、鼙鼓已暗敲。笑无名鼠辈，亦来挑衅，邻人屑小，又舞枪刀。暗箭须防，备敌休懈，敢战方能寇氛消。烽烟起，任伏兵八面，岂惧儿曹！

二〇一二年六月一日

沁园春　西行道上

友人去西域，发雪山碧湖照片一帧，戏填此阕。

雪山皑皑，湖波涌翠，天际白云。望绵延戈壁，尘飞沙起；牛羊草陌，野旷天低。亘古荒原，无垠长路，车马驼铃俱向西。阳关外，有夜燃篝火，入梦羌笛。

东溟客在毡房，当此际、他乡作故乡。眺长空孤雁，杳然南去；丝绸古道，阅尽苍凉。瀚海茫茫，雄关处处，犹见青青大漠杨。边风劲，任清音妙舞，难慰衷肠！

二〇一二年六月二十七日

永遇乐

友人顾梓生自巴西来，宴于西郊。遥忆九十年代，余两赴南美，过巴西，此情此景，恍若昨日。

万里迢迢，海天飞渡，曾到南美。亚马孙河，雨林处处，热带风光异。桑巴劲舞，一枝独秀，最忆狂欢假日。自难忘，高楼深巷，巴西利亚行遍。　伊瓜瀑布，山中翡翠，常聚八方游客。面包山头，耶稣脚下，大港波光远。宝石耀眼，水晶璀璨，东土如今多见。笑相逢，自家兄弟，香槟共饮。

二〇一二年六月三十日

沁园春　到英伦

碧海滔滔，廿载暌违，又到英伦。有河名泰晤，风光依旧；笨钟已奏，帝国黄昏。惆怅飞花，无情流水，玫瑰（玫瑰为英国国花。）空余月下魂。夕阳

下，看西风残照，如梦烟尘。　当年威冠群雄，日不落、赢得举

世尊。自东奔西讨，横行非美；寰球处处，米字旗纷。　炮利船坚，殖民世界，称霸五洲一巨人。春去也，悟花开花谢，方解浮沉！

二〇一二年七月八日

水调歌头　燕赵雨罕至

闻北京暴雨成灾，甚牵念。余居京七年余，虽远别，犹梦绕。

燕赵雨罕至，初夏一时来。风狂雨暴，急流飞瀑卷长街。巍巍丛楼巨厦，顿作仙山琼岛，渺渺似蓬莱。什刹真成海，舟泛钓鱼台。　形云卷，山洪泻，水涡旋。惊魂休问：电闪雷震几时歇？莫道黄河东去，又绕长城万里，趁兴到西山。今日临京畿，与汝共缠绵。

二〇一二年七月二十二日晨于沪上新泾

东西南北续

三莫子（代跋）

正六十甲子，如水流年。叹一瞬，是人间。把风光看遍，山水自留连。书生气，桃源梦，美人缘。

征尘万里，十面烽烟。当此际，莫高眠。坦途藏险境，陷阱附甘言。东边日，西边雨，早春天。

东西南北续

一一三

一一四

山水自留连

ISBN 978-7-5458-0661-8

定价：伍佰元(全五册)